Georg Ernst Waldau

Über die Liebe und Ehe

Ein Lehrgedicht

Georg Ernst Waldau

Über die Liebe und Ehe
Ein Lehrgedicht

ISBN/EAN: 9783742808646

Hergestellt in Europa, USA, Kanada, Australien, Japan

Cover: Foto ©Andreas Hilbeck / pixelio.de

Manufactured and distributed by brebook publishing software
(www.brebook.com)

Georg Ernst Waldau

Über die Liebe und Ehe

Ueber die

Liebe und Ehe.

Ein Lehrgedicht.

ex gemma antiqua.

Altenburg,

in der Richterischen Buchhandlung,

1783.

Dir, die der Dichter Schwarm mit

Feuer stets erhebt,

Für die des Schöpfers Hand den Trieb in

Seelen gräbt:

Dir, deren Zauberkraft der Weise selbst

empfindet,

Die tausend Wohl und Weh im Pilger-

leben gründet,

A 2 Dir

Dir, deren wilde Fluth mit Unglück über-

schwemmt,

Und deren vollen Strom Vernunft ver-

gebens hemmt,

Die für des Lebens Glück die beßern See-

len läutert,

Den Pfad des Glücks beblümt, der Leiden

Nacht erheitert:

Dir, Liebe! Königin der fühlenden

Natur!

Sey ietzt mein Lied geweiht! Oft pries

dich auf der Flur

Der

Der iugendliche Hirt auf seiner muntern
Flöte,

Oft sang die Hirtin dir bei heitrer Mor-
genröthe.

Wo stehn, wo prangen nicht die Tempel
deiner Macht:

Wie oftmals hast du schon aus Glückli-
chen gelacht!

Aus Schmachtenden geweint! Lust um dich
her gegoßen,

Des Jünglings feurig Aug im ersten Lenz
geschloßen;

Der

Der Schönen Reitz entfärbt, des Alters

Fuß gelähmt,

Durch Reue und durch Gram der Wollust

Knecht beschämt,

Der Milzsucht Schmerz geheilt, den Trau=

renden erquicket,

Des Mannes Fleiß belebt, die Treue süß

beglücket,

Der Sitten Reiz verfeint, und die Musik

beseelt,

Mit Neid und Eifersucht des Thoren Brust

gequält!

Du

Du lohnst dem Tugendfreund, dem Scla-
ven wilder Lüste,

Schafft dem ein Paradies, dem strafend
eine Wüste.

Dich, deiner Gottheit Macht, fühlt Alles
was nur lebt,

Der Mensch bis zum Insekt, das an dem
Staube klebt.

Der König im Pallast, der Priester in der
Zelle,

Die Dame beim Cofee, die Hirtin an der
Quelle.

Der

Der Feind des Heiligthums, so wie der
Pietist,

Der Weise wie der Thor, der Heide wie
der Christ.

Du folgst dem Musensohn, bis zu dem
Büchersaale,

Und triumphirst beim Tanz, wie bei dem
fetten Mahle.

Du giebst Apollens Sohn die Leyer in die
Hand,

Und führst den bunten Lenz, den Bogen
scharf gespannt.

Der

Der Sperling opfert dir, dir huldigt Phi=
lomele,

Versilbert dir zum Preis im jungen May
die Kehle.

Du störst den Morgentraum, du wiegst
zu Träumen ein,

Und heißt ein blaß Gesicht mit Rosen
sich bestreun.

Du spannest und erschlafst des regen Flei=
ßes Sehnen,

Befeuerst und durchtrübst die Augen jun=
ger Schönen.

A 5　　　　Du

Du gießeſt dich in Kuß und in Dockayer

Wein,

Durch ſeidner Hände Druck, und in

Geſprächen ein.

Du ſiegſt durch Pracht der Kunſt, durch

Blicke, wie durch Mienen,

Durch den Geſchmack im Kleid, durch

Stellung auf den Bühnen.

Du wetzeſt oft den Stahl für eines

Freundes Blut,

Verzehrſt der Länder Wohl mit zügelloſer

Glut.

Du

Du theilst die große Welt in zahllos kleine

Welten,

Entlockst der Aeltern Arm, bewafnest iun=

ge Helden.

Dein wonniglich Gefühl, das iede Brust

durchschleicht,

Macht hier den Scepter sanft, und dort

die Sichel leicht.

Du schafst, daß Seelen sich fest an

einander drängen,

Und wechselsweis die Brust durch innre

Glut verengen,

Für

Für ieden fremden Reiz Empfindungslos
und blind,

Für sich nur Aug und Ohr, sich Welt und
Himmel sind.

Du milderst oft die Wuth der Blutgefärb-
ten Krieger,

Und windest einen Kranz ums Haupt
verfeinter Sieger.

Doch, diese Zaubermacht — o sagt, wo
stammt sie her?

Vielleicht von einem Gott? — vielleicht
vom Ohngefähr?

Vom

Vom Ohngefehr? — ein Schall, der in

der Luft vertönet,

Der die Vernunft entehrt, die Offenba:

rung höhnet.

Vom Ohngefehr — ein Trieb — der

unbeschränkt regiert,

Der Felsenherzen schmelzt und fühllos

Starke rührt.

Der oftmals zwar den Damm der

Tugend weggerissen,

Die Herrschaft der Vernunft, den Richter

im Gewissen

Oft

Oft schmälert und besticht, doch nie die
Welt verheert,

Der Wage Gleichgewicht im Ganzen nie
gestört.

Der unter iedem Volk, und unter ieder
Zone,

Bei beiderley Geschlecht, bei iedem Erden=
sohne,

Allmächtig seinen Stab nach weisen
Regeln schwingt,

Ins Mark der Jünglinge mit schnellem
Feuer bringt,

Schon

Schon mit gesetzterm Fuß der Männer

Brust durchschleichet,

Und von dem stumpfen Greis mit kaltem

Lächeln weichet.

Nein, was sich Weisheitsvoll nach stäten

Regeln mißt,

Nur durch den Mißbrauch Pein, in sich

ein Himmel ist,

Das stammt vom Höchsten her, dem

Schöpfer ieder Triebe,

Dem Vater reiner Lust, und tugendhafter

Liebe.

Der

Der selbst mit weiser Hand das Trieb-
   werk angelegt,
Nach welchem Ordnungsvoll sich iede
   Neigung regt.
Der in der Männer Brust das Band der
   Liebe lößte,
Ihr, und der Schönen Bild so Anmuths-
   voll verflößte.
Die Schnellkraft des Instincts, an wählen-
   den Verstand,
Um den zu mäßigen, den zu befeuern
   band.

     Der

Der für die Liebe Reiz in unsre Brust ge-

goßen,

Und seine Sterblichen, die noch auf nie-

dern Sprossen

Der hohen Leiter stehn, die zu der Gottheit

führt,

Durch sinnliches Gefühl von seiner Güte

rührt.

Der eines Menschen Herz aus Herz des

andern kettet,

Und gerne seinem Freund den Weg des

Lebens glättet.

B   Der

Der durch der Sinne Lust zur Wollust uns

gewöhnt,

Die Bild und Reiz vom Siz der Seeligen

entlehnt.

Der aus der Liebe Bach die ächte Wonne

leitet,

Woran die Seele sich mehr als die Sinne

weidet;

Die in' die Ewigkeit erquickend sich er=

gießt,

Und segnend in den Strohm des Bürger=

lebens fließt.

Des

Des Staates Wachsthum nährt, ihm

iunge Pflanzen schenket,

Der Schwermuth Quellen stopft, das Feld

des Fleises tränket.

Oft ist die Liebe zwar nur thierisches

Gefühl,

Entartung der Natur, der Sinne wildes

Spiel.

Kaum tritt sie aus dem Pfad der Weis-

heit und der Tugend

So streckt sie Greise hin, und mäht die

frühe Jugend.

B 2   Durch=

Durchnagt mit scharfem Zahn der Königs=

reiche Glück,

Und läßt der Reue Dolch der wunden Brust

zurück;

Begräbt Familien in schreckliche Rui=

nen,

Und furchet Harm und Schaam in die

entseelten Mienen;

Entnervt des Helden Muth, bestraft mit

Unverstand,

Entweiht der Unschuld Recht, der Ehen

göttlich Band.

Stürzt

Stürzt ihren Knecht; den Knecht der mäch-

tigsten Begierde,

Zum Abscheu der Natur tief unter seine

Würde;

Nun klagt der blinde Mensch die weise

Vorsicht an,

Und sauget süßes Gift im schmeichlerischen

Wahn,

Von Schuld und Strafe frey zum Thier

herab zu sinken,

Und von der Wollust Kelch berauscht den

Tod zu trinken,

B 3 Fühlt

Fühlt bald, mit welcher Pein das Gift die

Brust durchdringt,

Und schmäht Gott, wenn er schon im Arm

des Todes ringt.

Doch darf der Sterbliche, darf es der

Mensch wohl wagen,

Er, der so oftmals irrt, den Höchsten

anzuklagen

Daß er der Liebe Trieb in unsre Brust

gesenkt,

Und ihm nicht ieden Tag durch Wunder-

werke lenkt;

Mit

Mit süßem Reiz begabt, und durch Jnstinct

beflügelt,

Und nicht zu gleicher Zeit unwiderstehlich

zügelt;

Daß er uns freie Wahl, er uns Vernunft

gegönnt,

Und nicht den Pfad verhüllt, der von dem

Glück uns trennt?

Gott bleibt gerecht und gut, wenn alle

Welt ihn lästert;

Er, der Glückseligkeit und reine Lust ver-

schwestert,

Dem

Dem blöden Sterblichen den Weg zum

Glücke wies,

Die Zügel der Vernunft in seinen Händen

ließ,

Die Triebe der Natur nur leitet, nicht

verbietet,

Der rohen Freyheit Raub wohlthätig ihm

vergütet.

Auf Einen Gegenstand der Liebe Neigung

lenkt,

Und durch der Ehe Band sie Anmuthsvoll

beschränkt;

Die

Die Liebe des Geschlechts durch äußern

Reitz entzündet,

Und mit der Zärtlichkeit für die Person

verbindet;

Die Freuden höhrer Art in seiner beßern

Welt,

Der Unschuld süßen Lohn uns vor die

Augen stellt;

Der Ehe großen Zweck in seinem Wort

erkläret,

Und uns zugleich den Weg, ihn zu erreichen,

lehret.

B 5   Wie

Wie lehrreich strahlt mir hier, Religion,

dein Licht!

Beglänzt so Weisheitsvoll die Wege meiner

Pflicht.

Sie, die das engste Band um edle Seelen

windet,

Durch Tugend dauernd Glück hier und im

Himmel gründet,

Durch reine Zärtlichkeit des Lebens Müh

versüßt,

Die Triebe der Natur in sanfte Fesseln

schließt,

Gemäs

Gemäß dem Wohl der Welt, des Geistes

würdig lenket,

Und himmlisch starke Kraft zum schwersten

Siege schenket,

Der Seele Reinigkeit der Jugend rührend

lehrt,

Und ein empfindsam Herz mit ächten

Freuden nährt,

Die über ieden Wunsch der Brust ein

Urtheil fället,

Verbietet iede Lust, die Reu und Schaam

vergället,

Ver=

Verdammet iede Glut als Zügellosig=

keit,

Die nicht die Unschuld prägt, die nicht die

Tugend weiht.

Lehrt uns der Seele Werth, nennt sie der

Gottheit Tempel,

Zeigt uns der Tugend Lohn, und rührende

Erempel,

Heißt frühe den Verstand den Wissenschaften

weihn,

Und schamhaft gegen uns selbst in der

Stille seyn.

Die

Die wilde Leidenschaft im erften Keim

erfticken,

Oft in die Ewigkeit, oft auf den Mittler

blicken,

Den Geift der Heiligung um feinen Bey=

ftand flehn,

Und auf den großen Lohn der reinen Herzen

fehn,

Auf des Allmächtgen Huld, auf des Ge=

wiffens Freuden;

Heißt uns Unmäßigkeit, oft auch die Stille

meiden.

Der

Der Frechen faulen Sitz, der Wolluft

Zunder fliehn,

Im Schweiß des Angesichts die Nahrung

ihr entziehn.

Sie will nicht, daß wir uns vor jeden

Reiz verstälen,

Nur, daß wir tugendhaft, und für den

Himmel wählen.

Sie schränkt der Liebe Trieb auf Eine

Gattin ein,

Erlaubt mit Unschuld uns der Schönheit zu

erfreun,

Er»

Erhohlend nach der Müh zu ihrem Kuß zu

fliegen,

An ihrem feinern Witz und labend zu ver-

gnügen;

Bestimmt der Gatten Pflicht, befiehlt die

Zärtlichkeit,

Womit der Seelenfreund sich der Gemeine

weiht; *)

Heischt Liebe von dem Mann, Gehorsam

von dem Weibe,

Verknüpft sie wechselsweis zu Einem Fleiß

und Leibe.

*) Eph. 5, 25.   Sie

Sie stellt der Gatten Bild im Bild der

Kirche dar,

Und schlingt der Ehe Band unlöslich am

Altar.

Lehrt, wie es Engel einst im Himmel fester

winden,

Lehrt uns zugleich die Kunst, dies reine

Glück zu finden.

Nicht, was den Thoren täuscht, was

niedre Lust entflammt,

Nein, was aus reiner Glut, aus edlem

Boden stammt,

Ein

Ein Herz voll Edelmuth, der aus der

Tugend fließet,

Ein Herz, das heitre Lust gern um sich her

ergießet,

Treu iede Pflicht erfüllt, warm für die

Freundschaft schlägt,

Und sorgsam fremdes Wohl gleich seinem

eignen pflegt,

Des Schönen zart Gefühl, Verstand von

Witz geleitet,

Der ieden heitern Scherz mit Anmuth

überkleidet:

C   Dies

Dies ist allein der Wahl des frommen
Weisen werth,

Den die Vernunft regiert, die Offenba=
rung lehrt.

Die Rose rührt ihn zwar, die glatte
Wangen schmücket,

Die Schönheit, die durch Kunst und durch
Geschmack entzücket.

Sein Schöpfer läßt für ihn der Freude
Blumen blühn,

Und pflanzt für ihre Zier Gefühl und Reiz
in ihn.

Soll

Soll er vor ihnen kalt und trüb vorüber

gehen,

Taub für den Ruf der Lust, auf die nur

Thoren schmähen?

Nein, lächelnd, Fühlungsvoll und dankbar

pflückt er sie,

Und würzt mit ihrem Reitz vergnügt des

Lebens Müh.

Der Gattin Rosenmund heißt ihn in sanften

Küßen

Das Glück der Zärtlichkeit verdoppelt zu

genießen.

Der

Der Glieder Harmonie bewundert er
entzückt,

Freut sich, daß Gott für ihn der Mädchen
Brust geschmückt.

Doch nie darf ihn sein Blick zu schnöder
Lust verführen,

Nie er allein sein Herz für eine Schöne
rühren,

Die Wahl bestimmt der Reitz, der aus
der Seele blüht,

Er liebet dauerhaft, er liebet das Ge=
müth,

Wie

Wie glücklich lebt ein Mann, der eine

Gattin findet,

Die minder prangt als reizt, mehr feffelt

als entzündet!

Wie lachend ist sein Glück, wie heilig schön

sein Stand!

Ist ihm die Gattin nicht das allerengste

Band,

Das an des Lebens Reiz und seine Lust ihn

knüpfet,

Die Freundin, die beim Glück ihm froh

entgegen hüpfet,

C 3   Die

Die zärtlich seinen Ruhm, und seinen

Namen trägt,

In deren treuen Schooß er sein Geheimniß

legt?

Die Freundin, die allein ihn bis zum

Ziel begleitet,

Mit ihm sich zärtlich freut, erquickend

mit ihm leidet?

Mit der sein ganzer Wunsch, mit der sein

ganzes Seyn

In Eins zusammenfließt. Wem lebt

sie? — Ihm allein.

Sagt,

Sagt, ob in Ehen nicht die süßesten Ver-

gnügen

Und mitgetheilte Kraft von Schöpfer-

bildung liegen?

Sind sie den Jünglingen nicht ihrer

Keuschheit Lohn?

Das Feine des Geschmacks, der milde

sanfte Ton,

Zu welchem die Natur der Mädchen Herz

gestimmet,

In dem noch unverfälscht ihr reines Feuer

glimmet,

C 4   Der

Der Glieder holder Reiz, der Schöpfung

Meisterstück,

Soll unsers Daseyns Werth und dieses

Lebens Glück,

Die Freuden dieses Punsts, auf dem wir

itzo stehen,

Ihr Umgang einst noch mehr der Engel

Lust erhöhen.

Wie preis ich Kritons Wahl, der auf des

Herzens Rath,

Bestärkt von seinem Freund, uns Herz

Climenens bat!

Ihr

Ihr schlug sein edles Herz voll Sympathie

entgegen,

Ihm wallte bald ihr Herz in sanft ver=

stärkten Schlägen.

Ein Seelenvoller Blick, ein Druck der

weichen Hand,

Sprach schon mit Rednerkunst, wie viel

die Brust empfand,

Die Seelen fühlten sich — sanft schmolzen

sie zusammen —

Und unauslöschlich schrieb die Sympathie

mit Flammen

Der

Den Schwur der Zärtlichkeit ins Herz von

beiden ein:

Der mich für dich erschuf, soll unser

Bündniß weihn!

Nun lohnt die Unschuld ihn, der er getreu

gewählet,

Er, der die Liebe stets durch Achtung neu

beseelet,

Der frühe den Verstand durch Kenntniße

genährt,

Wobey die Welt ihn schätzt, und seine

Gattin ehrt;

Der

Der seine Zärtlichkeit durch Tugend ihr

verpfändet,

Mit leerer Schmeicheley nie tödend sie

verschwendet.

Dem seiner Jugend Lenz in Unschuld

hingeblüht,

In deßen treuer Brust der Tugend Feuer

glüht:

Der Fromme ist es werth, die Segen zu

genießen,

Die lohnend aus dem Schoos der keuschen

Ehe fließen;

Der

Der Ehe, diesem Stand, den Gott, Gott
eingesetzt,

Den lieber Menschenfreund, den iedes
Volk geschätzt;

Dem Himmel auf der Welt der Frommen
und der Klugen,

Und dessen sanftes Joch die gröſten Seelen
trugen.

Kaum trennt der Thoren Schaar dies
Anmuthsvolle Band,

So wird die Harmonie der Schöpfung
los gespannt.

So

So welkt der Baum der Luft, die Geist

und Körper weidet,

Und sich mit süßer Frucht durchs Mark

des Staats verbreitet.

Seht, wie für ieden Reiz den Busen

sanft erweicht,

Durchs holde Paradies der Menschen

Vater schleicht

Hier, wo sich die Natur so schmeichelhaft

verschönet,

Ein ewig iunger May die Jahre festlich

krönet,

Ein

Ein schimmerndes Crystall durch Perlen=

Auen fließt,

Der Blumen zartes Heer in bunter Schön=

heit sprießt,

Der Sonne Majestät auf die Gefilde

glänzet,

Der Bäume iunger Chor mit Früchten sich

bekränzet,

Ein sanfter Ambraduft zum Thron der

Wolken dringt,

Die Heerde freudig blöckt, der Vogel

reizend singt;

Wie

Wie schwillt des Menschen Brust von

feurigem Entzücken!

Ihm strahlt des Schöpfers Bild, wohin

die Augen blicken.

Das schwellende Gefühl, der milde

Strom der Lust

Arbeitet sich hervor, zu voll für seine

Brust.

Wie strebt er, sein Gefühl gesellig mitzu-

theilen!

Oft sieht der Vogel ihn am Fuß des

Baums verweilen,

Wenn

Wenn hier sein Silberlied durch heitre

Fluren fließt,

Dort er die Jungen lockt, und seine Gattin

grüßt.

Er sieht das fromme Lamm um seine

Mutter springen,

Und ihrer Königin die Bienen Opfer brin=

gen;

Hört, wie die Taube girrt, der Hain vom

Echo hallt,

Und Philomelens Lied dem Gatten wie=

derhallt,

Ein

Ein iegliches Geschöpf preißt früh des

Schöpfers Liebe,

Nur er, sich räthselhaft, fühlt Nahrungs=

lose Triebe.

Er, seufzend und verwaißt, voll Hang

zur Zärtlichkeit,

Dem sich kein Gegenstand im ganzen

Eden beut.

Vergebens übet er das Werkzeug seiner

Sprache,

Umsonst sucht er sein Bild, es strahlt ihm

nur im Bache.

D   Der

Der Reichthum der Natur bleibt für ihn

Dürftigkeit,

Und ieder Ton vom Vieh, füllt ihn mit

Traurigkeit.

So, selbst sich eine Last, beschäftigt nur

mit Kummer,

Streckt er sich auf das Gras, und sinkt

in müden Schlummer.

Doch niemals war ein Bild von einer

schönern Welt

So Reizungsvoll, wie itzt, vom Traum

ihm dargestellt.

Ent=

Entzückende Gestalt sah er ihn sanft um=

schweben,

Empfand in Harmonie der Seele Saiten

beben.

Es ist nicht gut, sprach Gott, der Mensch

soll nicht allein,

An meines Lieblings Hand soll eine Freun=

din seyn,

Die als Gehülfin treu des Lebens Glück

und Plage

Erhöhend und vertraut erleichternd mit ihm

trage.

D 2   Gott

Gott sprachs; und bey der Ruh, in

welcher Adam lag,

Stellt er ein Weib ihm dar, schön wie ein

Frühlingstag,

Harmonisch, edel, mild, gestimmt zu

sanften Trieben,

Voll Sehnsucht, voll Gefühl, ein männ-

lich Herz zu lieben.

Erwacht aus seinem Schlaf, halb noch

vom Traum erfüllt,

Schlägt er die Augen auf, sieht einer

Männin Bild.

Ein

Ein namenloſer Reiß ſtrahlt ihm von ihr

entgegen,

Gewaltig pocht die Bruſt in ungewohnten

Schlägen,

Und Herz und Sympathie gießt das Gefühl

ihm ein:

Hier Fleiſch von meinem Fleiſch! und

Bein von meinem Bein!

Das Herz ruht mit dem Aug auf ihren

holden Blicken

Hier ließt er ihren Wunſch, ſein Leben zu

beglücken.

Ein

Ein glühendes Gefühl, das tief die Brust

.durchdringt,

Reißt ihn in ihren Arm, der sanft sich

um ihn schlingt;

Und hier wo Herz an Herz, und Mund

an Mund sich schließen,

Empfinden sie sich stumm; die Sprache

schmilzt in Küssen.

Nun ist der Freundschaft Trieb des Erden-

Herrn gestillt,

Der Schöpfung Zweck erreicht, ihr Leeres

ausgefüllt.

Nun

Nun fühlt der Mensch sein Glück, fühlt

seine hohe Würde,

Trägt an der Liebe Arm vergnügt des

Lebens Bürde.

Stimmt in der Gattin Wunsch, in seinen

Wunsch stimmt sie,

Die Schöpfung prangt ihm nun mit Reiz

und Harmonie.

Geht itzt die Sonne auf, geht itzt die

Sonne nieder,

So singt er seinem Gott mit seiner Männin

Lieder.

D 4 Fühl-

Fühlbarer schmeichelt er sich seinem Herzen

ein,

An seiner Gattin Hand verehrt er ihn im

Hain.

Sie wecken wechselsweis in sich der Sprache

Töne,

Verschönern durch sich selbst des Edens

holde Scene.

Wenn bald auf seinem Schoos ein kleiner

Liebling lallt,

Sein väterliches Herz von Freuden über=

wallt,

Der

Der Abdruck seines Bilds sein Innerstes

entzücket,

Er auf der Gattin Mund sein Herz mit

Küssen drücket,

Wie reizend neu wird da die Sympathie

gespannt,

Wie unauflösbar fest der Ehe sanftes

Band

Das um die Sterblichen der Arm der

Vorsicht windet,

Das sie so Anmuthsvoll, so geistig schön

verbindet!

D 5   Wenn

Wenn Thieren gleich der Mensch den
Trieb der Liebe stillt,

Wird da der Schöpfung Zweck, ihr großer
Zweck erfüllt?

Wer weckt dann aus dem Schlaf des
Säuglings Fähigkeiten?

Wie wird Geselligkeit, wie Tugend sich
verbreiten?

Wie bald sinkt da vom Thron der Erden
Gott herab!

Wie schnell stirbt selbst der Welt die Zahl
der Bürger ab!

Das

Das Thier zwar, welches nur von niedrer

Lust entbrennet,

Und bald vom Gatten sich, mit dem es

scherzte, trennet,

Weis von der Ehe nichts — nichts von

dem edlen Stand,

Nichts von dem Reiz, den selbst der Wilden

Brust empfand,

Allein es sollte auch auf tiefer Leiter

stehen,

Und nur nicht in der Art und Gattung

untergehen.

Da

Da es allein dem Bauch Gedankenlos

gehorcht,

So reist es, wenn es nur für seine Nah-

rung sorgt,

Verläßt die Zeuger bald, verlaßen bald

von ihnen,

Und vom Instinct geführt, wohin ihm

Weyden grünen.

Das Kind, das aus dem Traum allmäh-

lich sich erhebt,

Mit zitternd schwacher Hand an seinen

Aeltern klebt,

Spricht

Spricht mit den Mienen nur; ohnmächtig,

sich zu nähren,

Heischt es der Mutter Milch, doch nur

mit heißen Zähren.

Wenn nun der Aeltern Hand die zarte

Pflanze pflegt,

Ihr Fleiß ins weiche Herz der Tugend

Saamen legt,

Dann, dann wird einst ein Baum voll

edler Zweige grünen,

Die noch der späten Welt mit süßen

Früchten dienen.

Die

Die ihr mit freiem Flug zum Sitz der

Wahrheit dringt!

Verehrt ihr nicht das Band, das Gottes

Vorsicht schlingt,

Das an der Aeltern Herz das Herz der

Kinder bindet,

Sich um Familien, um Staaten segnend

windet?

Verehrt ihr nicht den Stand, worin ein

Tugendfreund

Mit seiner Freundin sich zum engsten Bund

vereint,

Durch

Durch neue Bürgerschaft des Staates Flor

zu mehren,

In holden Säuglingen der Tugend Keim

zu nähren,

Das schmachtende Geschöpf, halb Engel

und halb Vieh,

Das Hülf entblößte Kind mit zärtlich

treuer Müh,

Mit immer regem Fleiß zu bilden und zu

pflegen,

Den Grundstein seines Glücks, des ewgen

Glücks zu legen.

Der

Der Ehe Bund allein nährt die Gesellig-

keit;

Sorgt für der Kleinen Wohl, weckt ihre

Fähigkeit.

Veredelt und erhält dem sterblichen Ge-

schlechte

Die Würde der Natur, der Menschheit

hohe Rechte.

Der Bund, den Sympathie und reine

Unschuld schließt,

Aus dem sich Seligkeit noch nach dem

Tod ergießt,

Wird

Wird in dem Himmel selbst von Engeln

unterschrieben,

Sagt: wo ist größer Glück, als tugend=

haft zu lieben?

Des Lebens steilen Pfad an treuen Händen

gehn,

Und froh sein eignes Glück im Glück des

Andern sehn?

Der Pilgertage Müh durch Liebe sich

versüßen?

Getheilet jede Lust und jedes Gut ge=

nießen?

E   Ver=

Verbunden durchs Gebet mit seiner Gattin

knien?

Und Bürger für den Staat und Himmel

auferziehn?

Dies heißt hienieden schon den Engeln

näher rücken,

Zu Freuden sich erhöhn, die dauerhaft

beglücken,

Die ihr den Stand verschmäht, den selbst

die Gottheit ehrt,

Und ungeliebt in Gram die Tage träg

verzehrt,

Die

Die Ihr in wilder Luſt des Lebens Keim

verſchwendet,

Durch thieriſche Begier das Bild der Gott=

heit ſchändet,

O! lernt der Unſchuld Lohn, die reine

Seligkeit,

Die Euch der Liebe Hand aus vollen

Bechern beut!

Zur Ehelofigkeit aus Trübſinn ſich ver=

ſchwören,

Heißt frech ſich wider Gott und die Natur

empören,

Das

Das erste; heiligste Gesetz des Staats

entweihn,

Feind seines eignen Glücks, Rebell des

Staates seyn.

Folgt ienem sanften Zug, den die Natur

euch leitet,

Wodurch sie Lust und Glück, den Himmel

hier verbreitet!

Raubt beiden Welten nicht der iungen

Bürger Zahl,

Die oft schon Schwärmerey und Milzsucht

ihnen stahl!

Die

Die ihr der Ehe Bund nach niedern Trie=

ben stiftet,

Durch Reue dann vergällt, durch Eifer=

sucht vergiftet,

Wißt daß allein das Herz, die Wahl des

Weisen lenkt,

Der, ungetäuscht vom Schein, mit Tugend

fühlt und denkt.

Lernt die erhabne Kunst, das Vorrecht

edler Seelen

Werth einer Ewigkeit, treu euerm Glück

zu wählen.

E 3   Ihr

Ihr, die der Stutzer Schwarm im
Weyhrauch halb erstickt,

Und deren sanfter Reiz den Weisen selbst
entzückt!

Ihr, deren zartes Herz für jede Schönheit
schläget,

In dem der Tugend Keim die schönsten
Früchte träget!

Ihr, die mit Jünglingen des Schöpfers
weise Hand

Durch Triebe der Natur, durch Sympathie verband,

Aus deren holdem Schoos Vergnügen sich
verbreitet,

Und deren Zärtlichkeit den Engeln näher
leitet:

Die

Die ihr des Herzens Bild aufs Bild der
Kinder prägt,

Und in des Säuglings Brust den ersten
Saamen legt:

Ihr Schönen! lernt mit Zucht, mit
stillem Geist euch schmücken,

Durch reine Zärtlichkeit euch und die Welt
beglücken.

Verlaßt den Thron der Pracht, den Thron
der Eitelkeit,

Die mehr den Stutzern sich, als edlen
Gatten weiht;

Der Ehen Kreis verengt, in sie Zerrüttung
sendet,

Die angeerbte Frucht von Fleiß und Müh
verschwendet,

Den

Den Fluß des Wohlthuns hemmt, und
treulos, ungerecht,

Der Kinder Bildung stört, des Gatten
Liebe schwächt.

Schmeckt iene köstliche, unschuldige Vergnügen

Die nie mit ihrem Reiz und ihrem Lohn
versiegen.

Lernt, was der Tugend Freund, was
Gellert rührend lehrt,

Was ewig Lust und Glück, was ächten
Reiz gewährt;

Lernt früh die große Kunst, Verstand und
Herz zu bilden,

Um euren Gatten einst das Leben zu ver-
gülden!